KB267254

나비돛

열린시학 시인선 38

# 나비돛

초판 1쇄 인쇄일 · 2007년 07월 25일
초판 1쇄 발행일 · 2007년 08월 06일

지은이 | 심옥남
펴낸이 | 노정자 · 정일근
펴낸곳 | 도서출판 고요아침
편집장 | 김창일
책임편집 | 송지훈
편집부 | 정예은 정동열 윤영철
출판 등록 2002년 8월 1일 제 1-3094호
120-814 서울시 서대문구 북가좌동 328-2 동화빌라 101호
전화 | 302-3194~5, 3144
팩스 | 302-3198
e-mail : goyoachim@hanmail.net

ISBN 978-89-6039-080-5(04810)

*책 가격은 뒤표지에 표시되어 있습니다.
*지은이와 협의에 의해 인지는 생략합니다.
*잘못된 책은 교환해 드립니다.
*이 시집은 2007년 전라북도 '문화예술진흥기금'을 받아 출간되었습니다.

ⓒ 심옥남, 2007

열린시학 시인선 38

# 나비똣

## 심옥남 시집

고요아침

■ 시인의 말

깜냥에
열심히 산다는 게 그만

실로 오랫동안

남에게 잘 보이려고 애쓴 흔적이 많다
시 쓰기도 그 중 하나다
몸과 맘을
많이 고생시켰다

미안하다.


2007년 여름
심 옥 남

# 차례

## 제3부 꽃 복사꽃 꽃

# 제1부

## 0 또는 1

# 푸른 잎사귀

아야! 지푸래기 좀 가지고 나오니라

방구석에 틀어박혀
젊은 베르테르의 슬픔이 익어가는 나를
가을 텃밭으로 불러내시고는
쩍쩍 어깨 벌어진 배추 등줄기를
살폿살폿 묶으신다

여린 배추 그냥 놔두면
잎사귀 제 멋대로 나풀거려
한 해 농사 망친다고
여며 줘야 다소곳 속 차올라
내리치는 우박에도 덜 찢기는 뱁이라고
비바람 햇볕 담뿍 채워서
속잎 포동동 살쪄라
내 열여덟 광기 맞잡아 매시던 어머니

그 가을 말씀 맞잡혀
한밭 가득 속 찬 푸른 배추

# 오래된 액자

묵은 그림 한 장을 버렸어요
텅 비어 잠시 깊은 어둠 속이었지만
머지않아 내게도 먼동이 트고
오리나무 박달나무 낯익은 얼굴들이 찾아와
뜰 안 가득 풍경이 되었네요

산새들이 액자 문 활짝 열고 종알종알 봄을 부를 때
볕든 적 없는 옛날의 뒤란까지 포근해져
기쁜 소식 전하려고 산죽 우거진 오솔길로 내달렸지요
슬픔도 짧아져서 금세 되돌아 왔는데
산까치가 은빛 알 너덧 개를 심었나봐요
어머니의 빈 자리 따뜻해졌지만
찬바람이 막무가내 둥지를 흔들어 댈 때도 있어서
파랗게 돋는 꿈 위에 눈보라 몰아치기도 하여서
액자 문을 닫을까 생각했지요

아직 화해하지 못한 옛날이 동구 밖에 서성이고 있는
액자를 너무 높이 걸었나 봐요

억새들이 자꾸만 키발을 디뎌요
  뻐꾹채 꽃잔대도 안간힘을 쓰는지 찬바람이 일고
있어요


고쳐 달지 않을래요
잃었던 봄이 길 잘 찾아
빈 가지마다 꽃을 그려 넣었고요
너무 낮게 걸려 아버지의 꽃상여 지나간 길 환하고
어머니의 만장이 펄럭이는 골목길
내게 슬픈 것들은 모두 키가 작아요


오래된 얼룩을 지운
내 마음의 새 창 활짝 열어둘게요

# 아늑한 집

남고산성 남고진 사적비를 읽다가 벌레 알껍데기 박혀 있는 진鎭 자를 보았다 수많은 글씨 제치고 지킬 진 자에 꽁지 들이밀며 나방은 안심했겠지 파인 살에 동글동글 알 차 오를 때 비석은 심장이 뛰었으리 깊은 상처도 누군가의 둥지가 될 수 있다고 혼신의 힘으로 알을 품었겠지

새봄 첫발 내딛는 애벌레들에게 온몸 열어 길이 되어 준 비석은 깊은 골짝에 발 묶여 있어도 고물고물 새겨진 발자국 끌어안고 외롭지 않았으리 스스로 길이 되어 세월을 건네며 행복했으리

소나무들 귀 깊어지는 성문 밖 비석은 아직도 진 자에 빈 껍데기 품고 언제라도 누군가의 둥지가 되겠다고 모든 글씨 열어놓고 홀로 서 있다

# 고요는 많은 이름을 가졌다

물까치 한 마리가 겨울을 날아와 산벚나무 맨 끝 가
지에 내려앉아 수평을 이루는 순간


해질녘 대숲에 자리 잡은 멧새들 재잘거림이 일시
에 뚝 그친 그때


굵은 밑둥치에는 가시를 내지 않는 아까시나무와
물고기 떼 물속을 이리저리 휘젓는데도 물주름 하
나 접지 않는 강
강바닥 돌멩이의 눈과 귀를 떠올릴 때


보이는
제 각각 생애의 중심과 중심 밖에서 흔들리는 침묵들
혹은 이슬방울을 바라보고 있는 아침 바람이거나
실바람에도 꺾이던 그리움


이 모든 것들의 가장자리를 어우르는 목이 긴 적막까지
나는 고요라 부른다

# 곁들다

새우난초 그늘에 얹혀사는 나도나물을 그냥 두고
보기로 한다
　거실 천정의 거미집 몇 채 걷어내지 않기로 한다


억만 년 전의 구린내 여일하게 익혀 가을로 온
은행나무 외고집도 추궁하지 않기로 한다


사랑을 고봉밥 담아준 따뜻한 손들에 대해
　무너진 옛집과 시월에 생긴 무덤의 이력도 따져 묻
지 않기로 한다


외로움의 또 다른 변명이었으므로
　누군가의 여백에 오래오래 더부살이했음을 비로소
알았으므로


물과 달과 나비의 시간이 어우러져 하루이듯
수천수만의 이야기 어우러져 일생이듯
곁들어 아름다운 풍경

너무 멀리 에돌아 오느라 옹색해진 뜰
무심코 날아온 풀씨들이 자리 잘 잡아 앉도록
좀 더 고요해져야겠다

# 적積

처음 보는 일은 아닙니다만 처음 느낀 일입니다


함박눈 내리던 날 눈송이 하나가
마른 잔디에 닿자마자 금세 녹아버리는 것입니다
수많은 눈송이가 맨 땅에 닿자마자 흔적도 없이 사
라져 버리는
얼룩도 없고 소리도 없이 스민 자리 위에
하나 둘……천……만…… 눈꽃이 겹겹이 피는 것이었
습니다


진즉 알았어야 했습니다만


호박죽 끓여 자식들에게 가득 담아주시고 빈 가마
솥 정성스레 훑어 사발을 채우시던 손길을
쓰고 버린 치약을 주워 열 번도 넘게 이를 닦으시던
가르침을


바닥에 스미고 달라붙은 미미한 존재를

  귀히 여기던 사랑 위에서 나는 지금 중심을 잡고 있
습니다만


  마른 논에 물이 가득 고인 것도 첫물이 스며 다져졌
기 때문이고
  동백꽃이 곱게 핀 것도 햇살이 뿌리에 스미고 스미
어서 이루어낸 업적이고


  스민다는 것은
  첫사랑이 서로의 가슴 속에 차디차게 녹아 이별인 것
  흔적 없는 일이지만 흔적이 깊게 새겨져 아름다운
아픔인 것
  사랑이 쌓이고 눈이 쌓이고 꽃이 피어나는 기쁨인 것


  맨 처음 아침 햇살이 어둠 위에 주저 없이 스미기
시작해서
  환해지기 직전이 미명未明이고
  고통이 한 송이 두 송이 꽃피기 시작한

환해지기 직전의 행복이 미명微明인 것

눈과 얼음이 스미고 스미어서
차디차게 굳은 땅이라야
봄볕이 고이고야말 것입니다만

# 꽃과 씨

말(言)이 잘 여문 씨앗이라면
생각은 나비 품은 꽃

생각은 잠시 핀 꽃이지만
말은 영원히 살아*
누군가의 마음 밭에 싹을 틔우는 씨앗

생각이 송이송이 향기로운 사람은
말이 차랑차랑 잘 여물어 있다

* 이해인의 「말을 위한 기도」에서

# 그늘의 문

그늘엔 문이 있지

빈집 과수원과 함께 마당으로 내려와서는
나를 가두던 저물녘 산그늘은 탱자울타리 겹겹이어서
굳게 잠긴 문 찾을 수가 없었지

마당 앞 쪽밤나무를 닫고 멧새와 매미는 숲으로 가고
두런거리던 토란잎 일제히 잎을 닫으면
하필 구렁이는 그때 우렁우렁 허물을 벗었는지 몰라
둠벙은 왜 수심을 시커멓게 파내려갔는지 몰라

팔이 짧은 나는 어스름을 한 자락도 열어젖힐 수가
없었지

안으로 잠긴 내 그늘을 따고 언제 돌아오셨나
진종일 밭을 일구었으나 빈손으로
호롱불 켜고 모깃불 피우고 보리밥을 굽고
잠이 한참이나 익은 나를 활짝 열어젖히셨지

그늘이 열리고 집이 열리고
호롱불빛 하나 둘 마을이 열리고
별이 반짝반짝 열리고

내 그늘 열어 주시느라 평생 탱자가시에 찔리시던
당신 없이도 옛 이슬이 오고 나비와 별이 다녀가네

한 발 들여 놓으면 두어 폭 환해지는
이제 그늘엔 문이 없네

탱자가시 끝도 모두 무디어졌네

# 나비돛

1.
그때 나는 줄곧 바위에 앉아 떼지어 다니는 개울 속
의 송사리를 헤아리고 있었던가


노란 나비가 잡목 사이로 날아와
한 마리 두 마리…… 열 마리 거침없이 내 곁에 내
려 앉는 줄도 모르고
때죽나무도 갈잎도 어룽그늘도 미처 알아차리지 못했는데
바위꽃에 간신히 걸터앉았던 엷은 햇살이
나비 날개 위로 자리를 옮겨 앉는 바람에
몇 마리 개미가 서둘러 길을 비껴주는 바람에


꽃자리에 길들여진 부드러운 발바닥을 바위에 내리
는 일이 쉽지는 않은 듯
몇 차례 걸음을 사방으로 흩어 놓았다가 한 곳으로
거두어들이며 흔들리던 나비를
언제 덮칠지 모를 내 위험한 손 아랑곳 없이 중심을
잡느라 그물맥 촘촘히 세우던 나비를 보았다

2.
흔들림이 멎고 하나 둘 수직이 되던 나비
　그도 나처럼 완전한 정지를 위해 세상의 두려움
을 모두 접고 꽃과 들과 하늘마저 놓았을 것이다


　골짜기에 하나 둘……열 나비돛이 노랗게 떠오르고
　바위가 천형의 발을 빼내는지
　수억만 년 팔랑거린 내 파란의 날개 접히고 숲은 더
고요해진다


　침묵을 밀며 유유히 숲을 빠져 나가는 배 한 척


　골짜기 나무들 모두 눈을 모아도 산새들이 모두 입을 모아도
　온전히 볼 수 없었을
　다 읽을 수 없었을
　드넓고 고요한 항해


　아름답고 적요하던 비밀한 풍경 속에 새겨진

꽃으로부터 자유로워진 나비와
숲으로부터 자유로워진 바위와
세상으로부터 자유로워진 내가
하나가 되어
푸른 바다를 향하여 노를 저어가고 있었다

# 묵화

겨울 끝을 열고
맨 처음 꽃을 올린 민들레


걸어온 길 할 말이 없을까만
노란 꽃빛이 군말 한 마디 없이
어디까지 곱다


그 빛 봄을 모두 깨우고도 남아
시린 나날 샅샅이 매만진다


돌이킬 수 없을 것 같은 한기 말랑말랑 녹아내려
저 민들레 꽃빛처럼만 드높아진다면
수평선 너머에 발 묶인 먼 마음까지 닿을 수 있을까


그가 부리고 간 겨울 서너 동아리 불끈 짊어지고
너끈히 봄을 건너갈 수 있을까 ?

# 한 개의 봄 위에 수천만 눈송이 피네

밖은 잔뜩 춥고 봄은 몹시 더딘 삼월
눈발이 날린다


매실나무가 꽃잎을 열다 말고 생각에 잠겨 있다
동백꽃송이도 두서없이 꽃잎을 접는다
너무 깊이 잠겨 저 눈 건너가고도 깨어날 수 없을
것 같은
하염없이 찬바람 굵어진다


며칠 전 봄이
골짜기 잔설 속에서 복수초 꽃잎을 열고 있었고
철새 떠난 저수지 물살을 반짝반짝 닦고 있었다


몇 개의 절망을 징검돌 놓고 건너온 네가
오늘만큼은 눈물을 글썽여도 누추하지 않겠다
매화나 목련의 쓰린 아픔 빌려 쓰는 것 괜찮겠다


봄이 오려 할 땐 꽃과 나와 그대가 한번쯤 아무 원
망 없이 아프다

# 겨울 꽃

내가 칠월 햇볕을 손차양으로 받아내고 있을 때 동
백나무는 온몸 열어 그 볕살을 모두 거두어 쟁이더군

이 세상 그늘만 찾아 징검징검 여름을 건너가고 있
을 때 동백은 등뼈 곧추 세우고 나를 건너게 한 그늘
위의 땡볕까지 거두어들이느라 더욱 새파래지더군

그리곤 이파리 차륵차륵 검붉은 햇살을 걸러 꽃봉오
릴 빚었던 거야

열매 한 톨 없이 내가 빈 몸으로 회한에 들 때 동백
은 삶의 푸른 무게 한 장 한 장 흔들며 겨울을 맞이하
고 있었던 것이지

겨울 동백나무 아래 귀 기울여 보면 꽃잎들 툭툭 배
차는 소리 내 안이 붉어지고 힘줄 불거지는 가지들 어
느덧 젖이 돌아 동박새도 깃 부푼 동백 숲 내가 버린
햇살로 신생의 꽃 붉디붉게 피우고 있어

# 불 씨

나무의 몸에는 불씨가 들어 있다
나이테 사이
잎과 가지 사이

투명하게 여물어 아무도 볼 수 없는 불씨
나무는 불씨를 품고 있어서 온몸에 물이 흐른다

불꽃 함부로 피어날까 봐 물을 퍼 올리는 나무는
불씨 꺼지지 않도록 잎을 피우는 나무는

꽃과 열매 보내고 맨몸이 되고 나서야
불의 씨 가만가만 일구어 겨울을 건넌다

몸 속 깊이 숨은 불씨를 다스릴 줄 아는 나무가
아름다운 무늬와 향기를 지닌다

# 0 또는 1

푹신푹신하고 살랑살랑한 바람은 겨울 속에
없다 또는 있다

맑고 투명한 강물 속에 물고기들과 돌멩이들
보인다 또는 안 보인다

바다엘 가면 섬이 섬엘 가면 바다가
사람을 만나면 사람이
시를 만나면 시가 없다 또는 있다

오늘 갇히고 쓸쓸하고 위험하다 또는
열리고 행복하고 안전하다

하루 종일 전화기를 켜 놓고
받다가 또는 받지 않다가

너와 나 사이 무한 거리에
그리움이 밀려왔다가 밀려갔다가 또는 없다가

# 봄빛 들다

국사봉 기슭에서 외얏날을 내려다본다
나룻배 되돌아 겨울이 떠나고
홀로 남은 섬
눈보라 몰아치던 날들을 돌아온 까치가
내려앉은 길모퉁이마다
은사시나무들 물이 오른다
강물에 부서지는 햇살 바라보며
수심 깊이 길을 물으면 나도 섬이 될까
생각을 뉘일수록 물살 잔잔해져
산마루에 별이 돋는다
한낮의 고요를 품고
억새 숲에 깃을 접는 봄은
내일이면 언젠가 내 사랑이 떠난 강어귀
저 섬에 가랑비 뿌리고 휘파람 불어
새싹들 불쑥불쑥 귀 세우리
섬 속의 섬, 빈 까치둥지로 남은
앙상한 슬픔에도 꽃을 피우리

# 하동 가는 길

끝 보이지 않는 둑길에 서면 물길 따라잡지 못한 마음이 마른 망초대처럼 궁색해집니다 길이 빗속에 있다 해도 건너야 하듯 섬진강은 끝내 접을 수 없는 것들을 갈꽃 피워 두고 떠나갑니다 가을, 깊어 가는 길목이 허구렁이라 할지라도 등 받쳐 주는 은백양 넓은 어깨와 저 쑥꽃들, 아픔 속으로 깊이 내려앉아야 어둠 끝이 보인다고 섬진강은 물거울을 내 안으로 들이대지만 죽어서야 나이테를 여는 나무처럼 끝내 말할 수 없는 사랑, 가을 강처럼 투명해집니다 물살에 부서져 쌓인 햇살로 물고기들의 길 한층 더 깊어지는 섬진강 오늘도 부서지지 않고는 흘러갈 수 없는 굽이에서 되돌아보니 사랑이 오백 리 물길로 유유히 흘러가고 있습니다

# 찔레덤불

일가一家를 이루었으니

울 안 가득 꽃 피워

향기롭게 가꾸었으니

강 언덕 비바람 견디며

가시 끝도 무디어졌으니

굵어질수록 더욱 깊이 휘어지는

삶의 전모

그만하면 한 상 잘 차렸네

새 떼도 곁들었으니

# 제2부
## 유리와 상사화

# 새에게서 배우다

괭이갈매기 하늘을 날 때
지상의 흙 묻은 발 겸허히 접는다

저물녘 내려앉은 괭이갈매기
하늘의 날개 다소곳 접는다

늦은 듯 썰물 들자
날개 스치고 간 허공
끝 모를 길을 되새겨

바닷가 모랫벌에
한 발 한 발 재어 보고 있다.

# 만종晩鐘

어스름이 자리를 고쳐 앉을 때마다
점점 묽어지는 지평의 끝


새 한 마리 전깃줄에 내려앉는다
또 한 마리 날아와 그 곁에 다소곳 앉아
멀리 시선을 모으고 골똘히 생각에 잠긴다


그때 작은 새의 단란한 하루를 감싸는 어스름이 아
니었다면
두 마리 새가 한 곳을 함께 오래 바라보지 않았다면
감사의 기도를 올리는 새의 빈손을 알아보지 못했
으리라


새의 어깨를 어루만지며
들판으로 대앵댕 울려 퍼지는
하늘의 종소리를 듣지 못했으리라


더 갖지 못해 빈손인 하루를 안타까워하느라

한 번도 듣지 못한 만종소리

두 마리 새의 눈빛 속으로
길이 사라지고
먼 마을 불빛이 깊어지고
종내는 하루하루 반성도 깊어져

한 쪽이 성긴 채로 생이 이만큼 저물어 버린 나도
무사히 하루를 건너와
조촐한 식탁을 차려낼 수 있음에 한없이 너그러워
지는 하늘과 땅 사이

달맞이꽃 피어
내일로 가는 길을 잇는다.

# 물 꽃

돌을 던지면

강은
꽃을 피운다

상처의 중심을 가슴 속 깊이 내리고
부서진 물방울 하나하나 아울러
물소리도 맞잡아
아픔의 깊이만큼 피워내는
투명한 꽃잎

한 잎 두 잎
소리 없이 여울지며
상처 한가운데서부터
꽃잎을 지우는 강과 나

상처가 동심원이다.

# 가을 은행나무 아래에서 반성

단 한번이라도 열매를 맺어본 은행나무는
가지 끝을 땅으로 숙일 줄 알지

단 한번이라도 열매를 떨구어 본 나뭇가지는
제 출렁임의 각, 이별의 크기를 알지

단 한 번이라도 가을 은행을 주워 본 사람은
열매 맺는 일이 얼마나 구린가를 알지

# 묘 사

함박눈 쌓인 아침

작은 새 한 마리가
등 넓은 감나무에 날아 왔다가 되돌아간다

가지 가득 눈이 쌓여
앉을 자리 없는 감나무
쓸쓸히 돌아가서는

새처럼 돌아와서는
처마 끝에 앉아 홀로 단단해지는 동안
내게도 적막이 눈처럼 쌓였던 걸까
곁들 자리 없어 되돌아가는 동안

꽃이 피고 잎이 지고
설렘이 사라지고 기다림도 잦아들고
감나무처럼 구불구불 늙어가고 있었던 것을

# 나무의 날

무심코 책장 넘기다가 손을 베었다
부드러운 종이의 날렵한 날
살짝 스쳤는데도 상처가 깊다

새 종이처럼 나도 모르게 누군가를 상처 냈을
내게도 깊이 숨은 날이 있다는 것을 가늠해본다

너무 오래 되어 한살이 된 슬픔이
얇아질 대로 얇아진 다음
네 모서리 모두 세웠을 투명한 날

스스로는 무디어 질 수 없어서
손닿는 마음을 그 사랑을 상처 내며
한 오라기씩 무디어졌을

나를 스치고 간 종이처럼 누군가를 스쳤을 하루
나를 깊이 긋고 간 사랑의 말씀들이 소중해진다

# 초록눈

햇살 좋은 봄
누군가에게 어린 순을 모두 잃은
두릅나무 맨몸엔 바람이 거칠다

순을 따낸 자리마다 수액이 그렁그렁 고인 채
여전히 가시 끝을 세우고
캄캄하게 서 있다

뿌리에서부터 솟구쳐 올랐을
끈적끈적한 눈물

두릅나무 촉은 두릅나무 눈이었던 것
잎맥 사이사이 초록 눈물 단풍들 때까지
하늘과 숲을 어우를 맑디맑은 눈동자였던 것

상처 아물어 다시 싹이 돋을 때까지
나무는 제 봄을 바투 잡아야 하리
한 올의 빗살로도 노래를 바꿔 불러야 하리

# 헛 심

　어린 수소 한 마리가 풀밭에서 제 목의 밧줄을 버팅
기며 뱅뱅 돌고 있다 하나 둘 저에게 붙이는 구령 같
기도 하고 울분인 것도 같은 소리 내지르며 뛰다 걷다
씩씩거린다

　일생을 갈아엎어도 반지름을 벗어날 수 없던 쇠말
뚝 깊이 박힌 수수천년의 가족사, 밧줄을 안으로 접어
야 몸이 자유로워진다는 사실을 어린 소는 아직 모르
는 것이다 다만 이제 막 뚫린 코에 묶인 고삐를 힘껏
당기면 푸른 들판 저 너머로 튕겨질 것 같은 욕망에
여물지 않은 뿔 휘는 줄도 모르고 언덕 들이받으며 눈
을 부라리고 있다

　스스로 길들여지기 위해서는 헛심을 써야 하리 풀
밭 위에 새겨진 둥근 길이 제 안에 새겨질 때까지 내
달려야 하리 구심점에 중심을 내리고 둥근 안쪽을 자
유라 노래할 때까지 외로워야 하리

# 조감도

새 한 마리가 머리에 똥을 갈기곤
어디론가 쌔앵 날아가 버린다
웬만하면 제 둥지 아래 싸두고 영역 표시를 할 텐데
그 녀석 이 세상을
문 없는 선암사 뒷간쯤으로 안 것인지 몰라
뒤를 보고 나서 승선교에 이르러야
똥 떨어지는 소리가 들린다는
그러니까 이 땅이 구더기 바글거리는
똥간이라는 이야긴가
하늘 누비고 사는 새가 나를
똥덩어리로 취급하는 것 이상한 일 아니지
똥 꽉 찬 나 변명하고 싶진 않아
차똥덩어리 집똥떵어리 사람똥덩어리 더럽다고
찌익 똥을 갈기곤
잽싸게 날아가 버린 똥구녁같이 조그마한 새
어디쯤에서 제 똥 떨어지는 소리를 들으며
아랫배를 쓰다듬을까

# 問 그리고 門

꽃과 씨앗을 문門이라 치자, 문이 닫혀 있다 치자

봄, 휘파람새 소리 속으로 잔설이 녹으면
꽃과 씨앗이 문을 열기 시작하지, 혹

씨앗의 한뎃잠을 순전히 봄 햇살이나 빗방울이 깨
운다고 생각했다면 돌 밑에서 움트는 풀씨들을 봐
　껍질문 안으로 잠근 그 캄캄한 자유
　스스로 열어 환해지고 있어

　말이야, 저기 오래된 매실나무가 케케묵은 세월 열
고 어린 꽃 들이는 품새 좀 봐
　(녹슨 돌쩌귀 뽑아내면 냉이꽃 가득 핀 내 봄도 열
릴까)
　서두르지 마 씨앗들에겐 꽃 피워야 할 시간이 서로
다른 약속이 있어

아침 아홉시가 문問 닫고 문門 열자
목련 씨방이 대답처럼 칸 칸 환히 열린다

# 유리와 상사화

그래요//그러네요//그렇지요//그렇군요//그래야지
요//그렇게 할게요//가
　생활이던 나는 지금 어디 쯤 가고 있을까


　안  돼요//아닙니다//아닐  걸요//아니었어요//아니
라니까요//를
　반복하던 나는 지금 어디쯤 가고 있을까


돌멩이를 던지면 한 번에 깨지고 마는 유리창처럼
나와 나는 유리의 안쪽과 바깥인 게지
잎 따로 꽃 따로 내는 한 뿌리의 상사화인 것이지


대답이 다른 나와 나
그저 그만 아울러 가다보면 언젠가는 하나가 되겠지
한 끝과 한 끝이 만나 둥글어지겠지

# 빈집 한 채

조그만 둥지
하늘로 활짝 열어 놓고
보시도록
짝짓고알낳고토닥토닥사랑싸움도하는
새들은
살림살이 하나 없어 하늘이 지붕인데
하늘 숭배자인 나는
스물여덟 평이나 하늘을 가리고
별의 별 것 다 사서 쟁여놓고
별의 별 짓 다 하느라
블라인드 내리고
현관문 꼭꼭 걸어 잠그고

# 근 황

툭, 발목 거는 일상을 따돌리고
수목원 야광나무 아래서 시를 생각는다네
백지엔 부용꽃그늘 드리워지고 마음 겹 그늘진 첫
행부터
매미 소리 쓰르와악매앰맴 누비는 둘째 행까지
노루귀* 귀먹고 꿩의다리*도 부러진 가을이라 적을까
저 배롱꽃, 땡볕 백일을 웃는다니
내 근심도 거기 빗대 쓰면 미소가 베일까
"문이 안 열리는 것은 안에 생활이 모자라기 때문"
이라는 시구를 옮겨 적고 말미에 옥수수 꽃향을 한 움
큼 흩뿌리면
서정시가 될까 시름을 낱낱이 헤아려 산문시를 쓸
까 사이버 원조 교제를 하고 음란 사이트 주인공이 되면
한 시대, 썩은 들보 들어낼 메스 같은 참여시가 될까
고통은 어둠이 꽃핀 환희라고 은유하면 관념시가 될까
아니, 아니라네 열대야로 잠 못 이루는 이웃을 위해
대중시를 써야 한다네

가사는 슬프나 곡조는 흥겨운 아리랑 같은 시
아이나 어른도 한 곡조 목청 늘어지는 네 박자 같은 시
온라인 비밀 통로로 내 삶의 노래가 빠져나가 매스
미디어에 표절되기 전
밀린 원고 청탁이 체불되기 전
시발시발時發時發 써야 하는 고료 없는 시
글래쉬피쉬처럼 속이 환히 보이는 시


가물거리는 섬초롱꽃 몇 등잔 빈대에 걸어 놓고 잡
곡밥 같은 시 한 편을 차렸네
뜸 들이지 못해 버글버글 부서져 내리는 낱말들
나에게 와서 시들해진 어휘들


그대도 알거야
낮별이 해 종일 하늘에 시를 쓴다는 걸
그리하여 밤하늘에 반짝반짝 빛나는 마음을 띄운다는 걸


* 노루귀, 꿩의다리 : 우리나라 산지에 나는 다년초 식물

# 비에 대한 주관적 오해


비 내리는 날은 길이 없다


더러 꽃과 잎이 문을 닫는 거리에서
새들도 일찌감치 나뭇가지로 내려앉고
나는 비 들치던 옛 처마 밑으로 깊숙이 들어앉는다


나팔꽃잎 같은
엷은 희망일수록 찢기기 십상인
난들에 서 있는 것일수록
온전히 젖어야만 하는
작달비 내리는 날


처마 짧아
수많은 빗방울들의 종주먹질을 피할 수 없어
축축히 젖던 신발


못내 젖는다

# 집 지어라, 거미

나는 놈과 동거 중이다

주택자금 대출 받아 애지중지 마련한 집인데
놈은 허락도 없이 들어와 뚝딱 소리 한 번 안 내고
허공에 격자문을 칸칸이 짜 맞추었다
설렁줄 내리기에 거침 없는 허공이며
밤이면 가등이 환히 비치는 베란다가 맘에 들었으
리라
보자보자 하니 또 한 놈을 불러들여
걸리작거리지 않을 높이에 한 채를 뚝딱 지었겠다
여차하면 집안으로 날아드는 날것을 모두 잡겠다는 듯
밤낮 포복으로 응시하고 있는데

어쩌랴 저 견고한 방충망을
불온한 밤을

오늘밤은 멀리 나간 내 마음을 불러와
방충망을 조금 열어두어야겠다

# 짧은 생각


—안과 밖

막 캐낸 감자 껍질은 쉽게 벗겨지는데
오래된 감자 껍질은 잘 벗겨지지 않는다
오래된 감자 껍질을 벗기려면
살을 깎아 내거나 푹 삶아야 한다


몰래 스민 푸른 독은 깊이 도려내야만 한다


—어름*

불은 타오르고 물은 흘러내린다
두 길 한가운데
걸어온 길이 서로 다른 사람끼리 만나
한 발 물러서고 한 발 다가가며
만들어 가는 마디고도 먼 길
하나 또 있다

* 어름 : 두 물줄기가 만나는 곳

—착각

냉장고에 넣어둔 완두콩이 뿌리를 쏙쏙 내밀었다
서로서로 머리를 맞대고
잎이 되지 못할 꽃이 되지 못할 꿈이
파랗게 소곤대고 있는 캄캄한 냉장고 안

그 길에 너무 오래 머물러 있었다


—혜안

가을은 건너 산 멀리 있었고
베란다 현관문 야무지게 잠그고 다녔는데
꽃병 속의 아이비 단풍이 곱게 들었다
때를 알아차리는 일
제 안에 깊이 잠긴 아름다운 빛을
스스로 되작거려 꺼내는 일

사는 일, 제대로 살아 가는 일

# 나사

자동차 도로에 떨어진 나사 하나를 주워
가만가만 돌려본다

내 몸 가장 헐거운 곳이 맞잡힌다
누군가를 늘 떠나보내야 했던 곳
빈 볕을 채워 잘그랑잘그랑 허기지던 곳

먹먹한 명치 끝이 팽팽하게 맞물린다
녹물이 번지는 아픔에
맞다 맞아 꼭 맞다

울툭불툭 달리며 하나씩 빠뜨렸을 나의 나사
어딘가가 헐어 있고 어딘가에 혹이 자리 잡고
검버섯도 하나 둘 피어나고 있다

나사를 떨어뜨리고도 아무렇지 않게 달리는 버스처럼
천천히 헐거워진 곳
천천히 돌려 여미어 본다.

제3부
꽃 복사꽃 꽃

# 나뭇잎들

봄산에 오르면
실 잣는 소리 들려

봄볕은 깃들고 땡볕은 걸러지게
폭풍은 지나가고 산들바람은 깃들게
빗방울은 부서지고 이슬 방울은 맺히게

잎맥과 잎맥 한 올 한 올 겹쳐
그물을 짜고 있는 나뭇잎들

너무 촘촘하지도 성글지도 않게
알맞게

# 꽃 복사꽃 꽃

햇빛 촘촘히 조이던 복사나무 가지들
꽃이 꽃을 꽃마저 깨워 산등성이 가득 핀 복사꽃

이파리 한 장 허락하지 않은
복사꽃 분홍빛 헤집어 보면 거기
일가―家의 생애가 벌떼 소리 곁들어 힘겨웠지
가난을 꽃처럼 꽃같이 꽃피우려고
복사가지 굽은 봄을 일으켜 세우시던
끝 보이지 않은 꽃구름 꽃터널

복사꽃밭 통과하지 않고는
봄을 건너갈 수가 없던 어린 날

젊음이 길 잘못 들어 헤맸던 것도
꽃 복사꽃 꽃 복사꽃 꽃 복사꽃
가난처럼 많이 핀 복사꽃 때문이라고
탱자울타리 빗장을 몰래 부수고 밤기차를 탔던

봄 그늘에 분홍빛 짙어오면
내 생의 건너편에 두고 온 꽃터널
꽃구름이 뭉실뭉실 떠다닐 텐데
당신 허락 없이는 돌아갈 수 없네
돌아오지 마라 밤마다 홀로 탱자울타리에 대못을
치시던
어머니의 깊은 봄잠 깨울 수가 없네


꿈속으로나 피고 피니 피어서 피어라 꽃
꽃 복사꽃 꽃 복사꽃 꽃 복사꽃

# 꽃고추

꽃고추 한 분
장맛비 맞고 서 계신다


비 그친 잠시 해들자 흰 꽃 열어젖힌다
참을 수 없는 울음인 듯 하얗게 터지는 소리들


비와 해 사이 너무 짧아
벌 나비도 나뭇잎 뒤에서 발을 풀 새도 없이


다시 비 내린다


허공마저 꽃을 오래 잡지 않으신다
피어야 할 시기를 놓친 꽃


미래를 예측할 수 없던 스무 살이 이지러지고 있다

# 오동나무와 딱따구리

옛집 골짜기 오르다가 몸통에 구멍이 충충충 뚫려 있는 오동나무 보았지요 하나 둘 일곱 개 구멍 모두 딱따구리 둥지라는데 어느 날 다짜고짜로 달려들어 뚝딱뚝딱 지은 집이라는데 물론이야 오동나무도 갈비뼈 일곱 개를 허물리면서도 끙 소리 한 마디 히지 않고 이파리 한 장 찡그리지 않더라는데

때 맞춰 어머니 누워 계신 골짜기 양지를 넓히며 서까래 가지를 가만가만 흔들고 있습니다 살점이 떨어져 나갈 때마다 둥치가 뒤틀렸을 법도 한데 뼛속 깊이 파고드는 통증으로 뿌리 끝까지 흔들렸을 것도 같은데 푸른 잎사귀 넓적넓적 허공을 넓히고 얼룩 한 점 없는 향기를 골짜기 가득 날리고 있었습니다

어머니의 일생에 뚫린 여러 개의 구멍처럼 새들 떠나버린 빈 둥지에 바람소리 채워 오동향 피리, 그림자 깊디깊은 오동 보랏빛입니다

# 식구

뜰 앞 눈향나무는
뭉실뭉실 구름가지가 칠 층인 새들의 아파트
모두 맨 꼭대기 층에 모여 살고 있다
새들 일터로 떠나버린 한낮
나무는 텅 빈 방 그림자를 지키는데
저물녘이면 언덕 위의 옛집처럼
오빠 언니 동생 모두 모여 재잘재잘재잘
뛰지 마 숙제해라 씻어라 나무는 북새통
아궁이에서 토닥토닥 들깻대 타는 소리
스텐 밥그릇에 달각달각 수저 부딪치는 소리들
사립문을 지그리면
아버지의 빈자리, 아랫목이 더욱 넓어지던 밤
나무는 새들 곤한 잠까지 품고서야
뿌리를 쭉 뻗는지 달그림자 길어지는 밤
스위치가 내려진 나무의 토방엔
여기 저기 궁구는 별빛이
열두어 켤레

# 가볍다

봄볕이 버짐나무 둥치에 칭칭 감기던 걸
　마른 껍질 툭툭 떨어져 나가고 맨살의 얼룩무늬 더
욱 선명해지던 걸

　빈 가지에 매달린 단단한 열매도 한 올 한 올 씨를
풀어내고 있던 걸

　높이 오를수록 넓어지는 바람 길, 허공에 씨앗을 날
리며 나무는 오히려 평온해지던 걸

　어디선가 얼룩무늬 역사가 다시 쓰여질 거라고
　자랑스레 새잎을 내고 있던 걸

　버짐나무 앞에서 얼룩무늬를 여미던 내 지독한 광
기 슬슬 풀어지고 있던 걸

# 구들이 둥근 호박


들깨밭 언덕에 알몸으로 나앉은 가을 호박 한 덩이
언제라도 손을 놓겠다는 듯 꼭지 힘을 풀고 있다


몸통의 주름 깊어질수록 안이 넓어졌을 호박
실핏줄 사이사이 씨앗들을 가지런히 앉혀놓고
숨소리 하나 새어나오지 못하게 온몸을 주름잡아
꼭지에 여며 놓은


둥근 호박의 방


어떤 열쇠가 저 단단한 문 열 수 있을까
그 어떤 비바람이 그 단란한 가족을 헤쳐 놓을 수
있겠는가
구들 식은 아랫목 무명이불 속에 온 가족
언 발 서로 비벼 녹이며 새우잠 자던 옛집


호박의 방 같은

# 나는 투시되고 있다

문득 두렵다 비상구 없는 저 봄볕

냉이꽃 제비꽃 열어 놓고
사립문 정지문 열어 두고
빗장 질러 놓은 내 묵은 봄을
두리번두리번 찾고 있다

대밭으로 늙은 감나무 뒤까지 도망쳐도
저 환한 봄을 따돌릴 순 없어
골덴 소맷부리에 콧물 절어 빳빳해진
토방 위에 앉아 쿨럭이는 나를
마침내 찾아내고야 말 가늘고도 집요한 눈길

천만 리 도망쳐 와서는
꽃 마당에 나앉아 온종일 해바라기를 해도
어깨가 시린 것은 아득히 먼 옛날을 또
저 봄빛에게 온전히 들킨 탓이다

# 이 저녁의 한없는 감사

낮별 모두 깨워
하늘꽃밭에 반짝반짝 피워 놓은 이를
자귀나무 결명자 괭이밥풀까지 잎 닫아 재우고
아직도 기억 속에 돌아오지 않아
돌아가시지 않은 아버지를 위해
마을 어귀에 멍석달 걸어 놓으신 이를
밤새 이슬 맑게 빚어
풀잎 위에 고요히 올리고 계시는 이를
궁금해 한 적 고마워한 적 없네
오래오래 빈손이었으므로
눈과 귀가 얇았으므로
많은 것을 빌려 썼으므로
차마

# 여름의 길이

봄에 들여온 귀면각선인장이
한 달에 한 번 주라는 물도 제대로 못 주었는데
여름 한철 서너 뼘 컸다
베란다 햇살 따라잡고 하루하루 건너갔었는지
몸통이 뒤틀린 채 가시조차 단단히 키웠다

바쁜 사이 훌쩍 커 버린 큰아이와 작은아이
선인장처럼 틀어진 것은 아닌지
어깨에 잔가시 돋은 것은 아닌지
베갯머리에서 지난 시간을 쓰다듬는데
손끝에 실리는 따뜻한 체온

아이들의 넓고 환한 길로
어둠이 설렁설렁 감가지 건너가는 소리
가을이 산들산들 밤송이 건너오는 소리
돌돌돌 풀렸다 되감기는
매듭 없는 시간의 긴 길이

# 옛 집

언덕 위에 박주가리꽃 무더기 지붕처럼 피었다


한 발 내딛으면 한 겹 엉켜 주저앉는 덩굴
마디마디 꽃과 향기 수두룩 피워두고
사방에 울을 치지 않아서 뒤란까지 환한 살림살이


싸리문 없는 꽃지붕엔
벌 나비 꽃등에 쉬파리까지 모여들어
꽃향기 사방으로 퍼 나르는 잔치 한마당


꽃숭어리가 많아서 이별도 잦던
넝쿨이 가늘고 길어서
엉킨 굽이 헤아릴 수 없던 가족사


박주가리꽃 덤불 발 놓는 곳 어디든 꽃자리여서
어디서부터 신을 벗어야 할지
가없는 향기 어디에 고단한 숨 풀어야 할지

# 흰 고무신

그 개울 건너지 않은 지 오래
토방 위에 십문 반 흰 고무신이 거두어진 후로
저물녘 새가 둥지에 들듯
내 어둠에 깊숙이 깃들었을 뿐
어디에도 닿지 못하고
삭아가던 빈집처럼
가장 가까운 시간 한 장씩 넘겨
내 생의 뒤안으로 걸어갔을 뿐
토방 위에 흰 고무신
낡은 발자국까지 흔적 없이 지워진 뒤로
설토화처럼 희디희게 웃었을 뿐
건널 수 없어 지쳐 울던 강 건너
찔레꽃 무더기무더기 피어나는 언덕에
새로 생긴 무덤 하나
그러나 끝내 닿지 못하고

# 째보 아재

물낯에 찰싹 달라붙어 거침없이 핀 가시연잎
물 속 가랑이에도 가시가 다닥다닥 돋아 있다

물살에 첨첨 촘촘 가시를 박고 사는 가시연과
아야야야 엄살이 잔물결 지는 못물 틈에서
어린 꽃봉오리 숫구쳐 오른다

가시연은 꽃을 피우기 위해
손톱이 닳도록 물너울 움켜쥐고
못물은 진흙 펄에 뿌리내리는 가시연 가시가
옛날엔 꽃과 잎이었다는 것을 물살로 어울러 준다
흐린 못물이 한때 하늘의 맑은 이슬이었다는 것을
가시연도 안다

더 이상 흘러갈 수 없어 방죽물이 된 사내와
흐르는 물에서 살 수 없는 한 여자가 있다

# 한恨

밖엔 함박눈이 내리는데
어디서 날아 왔는지 칠성무당벌레 한 마리가
방바닥에 내뒹굴어진다
뒤집어 놓아도 한사코 드러누워 날개를 편 채 허우
적거리는


재 너머 산제당에서 종이꽃을 피우며 홀로 살았지.
귀신 서방 강짜를 끼니마다 소지 올려 달래놓고 앉아
장 천리 서서 구만리를 점치며 이승과 저승을 넘나들
었지. 굽이굽이 맺힌 삶, 열두 발 고를 풀며 파랗게 늙
어가던 처녀무당. 폭설이 전설처럼 내리던 날 죽음이
파란만장의 날개 활짝 열어젖히고 오방색실 수놓은
일생을 외딴 방 한가운데 차갑게 부려놓았지


알록달록 화려한 날개 활짝 펴고
조용히 숨을 거두고 있는 무당벌레
비로소 죽음이 만장의 날개를 바로 눕힌다


밖엔 여전히 눈이 내리고

# 우주꽃잎

매화 한 송이를 따려는데 가지가 온 몸을 휘며 꽃꼭
지에 힘을 준다

가지와 나 사이에 벌어진 실랑이
꽃 한 송이 따는 것쯤이야 싶었는데

꽃 한 송이가 피어나면 온 우주가 일어선다*고
꽃 한 송이를 땄으니 온 우주가 흔들렸겠다고

알 수 없는 앎

* 『벽암록』에 수록된 구절

# 사랑이라는 말이 읊조려질 때

화분에서 말라죽은 매발톱 줄기를 뽑자
뿌리와 흙이 한 덩이로 엉겨 나온다

꽃 피었을 때보다는 질 때
씨앗이 여물 때보다는 떨어지는 순간

뿌리는 흙을 흙은 뿌리를

서로 끌어안고 토닥토닥 위로하고 있었던 게지
제 각각 중심을 허물어 하나가 되어가고 있었던 게지

# 은행나무

언뜻 보아서는 잘 모르지
아버지가 누구인지 어머니가 누구인지


함박눈이 사분사분 내리는 날 올려다보면
가지를 한결같이 하늘로 주욱주욱 뻗은 나무와
반반하게 가지 늘어뜨려 눈송이 보듬어 앉히는 나무


늦가을 은행알 겁 없이 토독토독 뛰어 내릴 때
어깨 나직이 낮추는 어머니와
못 본 척 가지 끝을 추켜세우고
먼 하늘에 침묵의 기도 올리는 건너 편의 아버지


언뜻 보아서는 잘 모르지

# 제4부

## 붉은 사과

# 설악산 일기

　대관령이다 이쯤 멈춰 서서 지나온 길 되돌아보니 숨어 돌던 길모퉁이, 한 눈 안에 드는 굽잇길들, 헛놓던 발걸음도 보인다 가파른 이 고개를 넘기 위해 바람도 자작나무 이마를 연거푸 짚으며 숨을 몰아쉬고 있는데 설악은 어디를 비우고 깊은 가을을 들여놨을까

　나무가 스스로 잎 지울 때까지 서두르지 않았으리 계절 끝에 피어 있는 구절초와 향유를 재촉하지 않았으리

　강릉은 쉬지 않고 달려온 고단한 여정을 불 깜박이며 맞아주는데 만선을 꿈꾸며 집어등 켜고 떠난 옛 꿈은 어디에 발 묶여 있을까

　퍼런 수심을 도려 아우성치는 바다도 결국 해안을 넘지 못하고 물거품이 되어 주저앉고 마는 저 끝없는 반복, 내 두려움 철벅철벅 내리치며 잠을 몰고 동쪽으로 돌아눕는 대포항 어귀를 당겨 불면의 맨발을 처억처억 걸쳐 덮는다

　아침이 오면 뱃고동 소리 울리며 떠날 어선처럼 나도 다시 먼 길을 돌아가야 하리

# 투명한 말


보았어


가죽나무 가지 끝에서 건너 전신주까지
번지점프로 설렁줄 내리는 왕거미를
실젖 수백 가닥을 한 줄로 빚어
격자 문 칸칸이 짜 맞추는 정교한 솜씨를


어느 날 쓰르라미가 무심코 허공을 한 발 내딛는 순간
거미집 문짝이 일시에 덜컹 닫히는 소리를 보았지
아무리 조심성 많은 날것이라 해도
투명한 덫을 알아볼 수 없었을 거야


문 뒤에서 쓰르라미 몸부림이 느슨해질 때까지
느긋하게 울안을 응시하는 거미의 눈빛과
팽팽한 거미줄의 탄력을 보았지


이른 아침 이슬 방울이 하늘꽃처럼 피어 있던
거미집엔 출구가 없어

# 붉은 사과

풋과일엔 시고 떫은 모서리가 많다

담을 쌓듯 모서리마다 쌓는
바람 햇살 빗방울들
하루 또 하루 곰삭히면
둥그레지는 모서리

둥근 모서리 가득
단물 찰랑거리는 소리 붉은
가을이 오면
몸 속 깊이 박힌 씨앗도
뼈가 단단해져
벌레 먹힌 아픔조차도
다디 달다

# 나무바다그늘

버드나무 잎 틔우다 말고
봄볕이 횟집 수족관에 내려서는데
광어농어도다리우럭은 햇살을 등지고
구석 깊이 웅크리고 있다

바다 속 차디찬 어둠에 익숙한
오래된 습성이
봄빛에 눈부신 게지
환한 세상 낯이 선 게지

수족관에 버드나무 엷은 그늘이 드리워지자
바닷고기들 등지느러미가 살랑살랑 흔들고 있다
스스로 파도를 만들며 고향 바다로 회유하고 있는데

돌아갈 바다
아득히 멀다

# 쏠리네, 힘

동백꽃 보려거든 오동도를 살짝 밀쳐놓고
마량리로 발길 돌리세요
청량리 오팔팔처럼 유혹하는
춘장대 소나무 숲 못 본 척 지나쳐야
동백림에 이르지요
바다를 돌아앉은 동백처녀들과
농 한번 던져보려거든
발치에 매달린 바다를 한 번 더 뿌리치고
모퉁이 돌아드세요
계단을 오르면 열두 폭 녹공단 두르고
젖꼭지꽃송이 방긋방긋 피워 올리고 있는 나무들
맨살둥치 눈길로 더듬다 보면
어느 덧 굼틀대는 묵은 숫기
살내 상큼하게 피어나는 목덜미에 입술을 포개고
맨살 허리 살며시 휘감아도 좋을 듯
등 뒤의 파도소리 벗 삼아 진종일 눈 섞어도 좋을 듯

# 소리꽃 핀다

한길 저만치 농아들의 손끝에서
꽃이 핀다

팡 팡 펑 펑 빨 주 노 초 파 남 보

눈빛과 눈빛이 마주쳐 발음되는
입술과 입술을 비벼 피워내는
소리 없는 소리 꽃

허공은 천 송이 만 송이
소리 꽃밭
피고 지고 피고 지고 피는

뭐랄까 뭐라고 하는 걸까
바람도 비껴서서 귀 기울이는
쥐똥나무 잎사귀들도 사붓사붓 눈을 밝히는

구름꽃 같은 노래 꽃 같은 고요한 화음

# 말랑말랑한 유리벽

왕버들 그늘 아래
책장은 넘겨지지 않고
책갈피에 어룽대는 엷은 그늘
사이로 잘잘잘 흐르던 물살만 연신 넘기다가
무심결에 언덕 아래를 바라본 거야
어린 꽃뱀 한 마리가
신나게 그늘을 밀고 올라오다가
나와 눈이 딱 마주친 거지
너무 오래되어 말랑말랑하고 투명한
유리벽에 부딪친 거야 너무 놀라 순간 나는 숨이 멎고
그는 오던 길 돌려 냅다 내달리고
실바람 가닥을 버드나무 잎자루에 매달던
허공이 손을 놓치고 물속으로 풍덩 떨어졌지
꾸벅거리던 강아지풀도 어리둥절해 하는
저만치 어린 뱀이 가슴을 쓸어내리는지
풀섶이 콩당콩당 흔들리고 있었어
뱀과 나 사이엔 깨지지 않는 유리벽 하나 있지

# 주인을 바꾸는 의자

옷을 접다가 그의 속옷에 난 구멍을 보았다


의자가 땀 젖은 30수 면사를 갉아대는 동안
나는 아무 걱정 없이 고슬고슬한 잠 이루었고
섬진강가에 매화 피었다 진다고
선운사 뒤뜰에 동백꽃 지는 소리 잦아든다고


어느 날 내가
세상의 의자에 앉게 되었을 때 비로소
의자의 주인 되기가 얼마나 숨 막히는 뜀박질인지
발 동동 구르며 땀 젖는 일인지


이른 아침 의자에게로 달려가는 그의 일념이
시속 백 킬로를 넘나드는 아슬아슬함이란 것도 모른 채
푸근하고 안전한 그의 지붕 아래
아이들과 나 하루하루를
희희낙락거리며 살고 있었구나

# 나이를 먹는다는 것

열대 아프리카의 오래된 바오밥나무는 둥치 속이
텅 비어서 나이를 알 수 없다는데요 나이테 박힌 속살
을 들어내고도 푸른 이파리 천년을 피운다지요

　나이란 세상에서 정해 놓은 숫자
　세상 속에 이름을 밀어 넣을 때 필요하죠
　바오밥나무도 맨 처음 허공에 몸을 세울 땐
　나이테를 하나 둘 둥글게 쐐기 질러
　흔들리는 몸 바로잡았을 거고요
　뿌리 깊은 나무가 되고나서야
　나이테 하나씩 지우기 시작한 것일 테지요

오래 된 바오밥나무 둥치속이 텅 빈 것 보면 나이가
늘어나는 것을 나이 먹었다고 하는 이유를 알겠는데요
　바오밥나무처럼 누군가의 집이 되거나 옹관이 되려
면 먼저 비워낼 안이 단단한 결로 가득 채워져 있어야
하겠네요

# 낯설음에 대하여

밤잠을 놓치고
깊이 잠든 그를 지켜보았습니다


연신 무어라 속삭이며
설핏 돌아눕는 얼굴이 평온합니다
고단함도 꿈속에 들면 저리 환해지는 것인지


한 마디도 알아들을 수 없는 이국의 말
누군가에게 조용조용 건네며 미소 짓는 그는
비밀의 정원으로 점점 더 깊이 잠겨 들고


나는 현관의 신발처럼 남아
무릉도원을 거니는 듯 평온한 꿈으로부터
가능한 한 멀리 떨어져 눕습니다


그의 평온한 꿈이 낯설어
시비 걸고 싶지 않아서입니다

# 둥둥, 건너가시네

삼백 개가 넘는 나이테를 지녔다지
늙은 매화나무가 썩은 둥치 아래께에 어린 가지 하
나를 새파랗게 키우고 있다 오가는 사람 걸리작거리
지 않을 자리에 한숨 소리 들리지 않을 만큼 떨어진
곳에 증손녀 같은 샛가지를 조용히 돌보고 있다

썩은 둥치에 핀 구름버섯 물오르는 봄
어린 가지에 꽃 몇 송이 가까스로 피었다
꿀벌도 너덧 마리 날아들어 매화나무 울안이 모처
럼 환한데
수십 수백 송이 구름버섯이 매실나무 주검을 빼내
는지
꽃잎이 흩날리기 시작한다

봄이 꽃을 통과하여 여름으로 건너 갈 때도 꽃잎이 진다
어둠 속으로 매화 어린 가지 쓸쓸히 휘어진다

# 기억은 클릭되지 않아

보리밭 이랑에서 살오르는 봄바람과
종잘대는 속삭임까지 부치고 싶은데
복사가 되질 않아
뭉긋뭉긋 터지는 아까시 이팝꽃빛 담쑥
첨부하고 싶은데
환하고 맑은 빛 너무 깊어 오려지질 않아
내 서늘한 그늘 가장자리까지 따뜻하게 덥혀 놓은
오월 저편의 기억들
꽃잎이 지고 있어
실오라기 하나 걸치지 않은 소리가
언덕 바위마루로 날아가고 있어
꽃잎 쌓이는 소리
꽃빛 포개지는 소리
아낌없이 부치고 싶은데
멀고 아득한 거리 선택이 되질 않아
부칠 수 없는
오월이 엷어질 대로 엷어지고 있어

# 이슬의 답

풀 수 없는 문제의 물음표를 떼어
귀진 생각 말아 넣고
밤섶에 깃들지 못하는 풀벌레 소리 접어
한밤 내내 삭히면
눈물조차도 맑은 이슬이 핀다

풀잎 끝 명지 털을 붙잡고 둥글게 휘인
안이 맑아 둥근 이슬
그래 그렇게 견디며 살아가는 거야

구심점을 놓은 난간 위
바들거리는 것은
이별이 슬퍼서가 아니란 것 알아
걸어온 시간 끝에 햇살이 눈부시기 때문일 거야

# 땅따먹기

아이야 둥근 원 안에선 돌 막자 튕겨 나간 만큼 긴 장의 폭을 넓혀 되돌아와야만 땅이 넓어진단다 모래알만한 오차로 울 밖으로 퉁겨지던 막자, 그 쓰린 아쉬움을 기억하니 자신의 영토를 넓히지 않으면 다다를 수 없는 꿈의 가변

결국 너는 가없는 세상과 맞설 테지만 한 발 물러서서 보렴 우린 모두 동그라미 안에 서로 어깨를 맞대고 정답잖니

튕겨져 나갔다 끊임없이 되돌아와야 땅이 넓어지듯 제자리에서 한 눈금씩 마음 터를 넓혀야만 나의 또 다른 나인 너를 만나 하나가 되는 것이지

# 나무의 숨소리는 푸르고 고요하다

나무도 숨을 쉰다기에
산을 오르다 말고 멈춰 서서
굵은 소나무 둥치에 귀를 기울여 보았습니다

나무의 숨소리는커녕
내 심장 뛰는 소리만 덜컥덜컥 들립니다

평생 오르는 길 힘겨워 가뿐 숨
나만 못 듣고 산다는 듯
나무가 제 고요한 가슴으로 되받아
건네고 있습니다

나무를 듣는 일이 나를 듣는 일이었습니다
남을 보는 일이 바로 나를 보는 일이었습니다.

# 헛꿈을 접다


활짝 핀 민들레 꽃송이를 꺾어 책갈피에 끼워 두었
더니 꽃잎을 꽃받침 속으로 모두 접어 넣은 채 말라
있습니다


꺾이자 마자 깊고 아늑한 씨방을 차린다고 힘주어
꽃잎을 오므렸던 모양인지 책갈피 속의 허공까지 쭈
글쭈글합니다


저 본능의 힘으로도 익힐 수 없는 무용한 씨앗 움켜
쥐고 봄을 기다리는 동안
수만 개의 태양이 책갈피 밖으로 무심히 흘러가버
렸고
수천 개의 달이 봄 너머로 기울어버렸습니다


오래 가두어 두었습니다

# 하루하루

문득 고개를 들면
일러주는 이 없어도 밤나무는
이파리 흔들어 풋밤송이를 키우고
산새들은 몇 번이고 무릎을 굽혀
풀씨를 따고 있습니다
상처 하나씩 아물어 눈이 맑은 아이들과
바람 한 점 햇살 한 올 허투루 쓰지 않아도
가르침이 부족한 내가 마음을 맞추어 나가는 교실에선
밑 글씨 빽빽이 적은 교과서 채 넘기기도 전에
끝 종이 울리고 산 그림자 깊숙이
실수까지 보듬는 운동장
어린 망초대가 비뚤비뚤 줄을 서고
파랑새가 끝없이 호루라기를 불어대는 이곳
스물네 명의 아이들과 산속 식구 모두 모여도
의자가 남는 이 학교에서 서툴게 사는 일
내가 쓰는 하루치의 시입니다

# 화조도(花鳥圖)의 비밀

이 호

## 1.

한 시인의 시세계 혹은 시 작품의 비밀에 접근할 때 시적 소재를 열쇠어로 삼는 방법은 그다지 세련된 방법은 아니다. 그럼에도 시 작품의 소재와 시인이 펼쳐 보이는 시적 세계가 무관할 수 없다는 것 또한 자명하다. 더구나 한 시인이 특정 소재군을 자주 사용할 경우에는 세심하게 그 소재들에 대해 생각해 보아야 한다. 시인의 감수성과 상상력의 촉수에 특정 사물들이 자주 정동(affection)을 불러 일으켰다는 점을 고려할 때나, 시인이 자신의 정서를 노래할 때 반복적으로 사용하게 되는 시적 소재는 결코 가벼이 보아 넘길 수만은 없는 것이다. 특히 시 세계와 시의 소재 그리고 방법론이 서로 결합되어 있을 때는 더욱 그러하다.

　문학작품에서 많은 경우, '무엇을 말했는가(주제)'
가 아니라 '무엇으로 말하는가(소재)'나, 어떻게 말하
는가(방법)가 더 중요할 수도 있다. 중요한 것은 '무
엇을(주제)'이 아니라, '무엇을 가지고(소재)'이며, 어
떻게(방법론) 그 주제를 시인 특유의 심상과 어조로
펼쳐보여 주는가, 시인의 시적창조의 방법론과 그 시
적 세계는 어떤 방식으로 연결되어 있는가가 훨씬 중
요한 지점일 것이다. 그런 측면에서 심옥남의 시작
(詩作)들을 읽을 때 먼저 소재에 주목해야 하며, 소재
와 방법론 사이의 관계를 염두에 두면서 읽어가야 한
다. 그런데 심옥남 시의 주제나 방법론은 그닥 별나
지도, 새로워 보이지도 않는다. 오히려 그의 시에 등
장하는 소재들은 차라리 매우 범박하다고 말할 수 있
을 것이다.

　우리는 이미 많은 서정시들을 통해 서정시 특유의
주제나 단골로 등장하는 시적 소재들을 익히 보아왔
다. 뿐만 아니라 시적 형상화의 방법들, 시인이 자신
의 시상과 그것을 이미지화하는 방법들에도 매우 익
숙하다. 소재 자체가 문제가 아니라 어떤 방식으로
보여주는가가 중요함에도 불구하고 그 방법조차 일
정한 매너리즘에 빠져 있다고 생각되는 것이다. 러
시아 형식주의자들의 용어대로 하자면 시라는 장르

자체가 일상적인 사물들을 다시 비틀어 보여주는 장르, 일상어를 소재로 하지만 시라는 장치 안에서 그 언어와 의미가 새롭게 부여되는, 즉 '낯설게 하기 de-familiarization'의 장르인데도 이제 우리는 그 낯설게 하기조차가 낯설지 않은 상황에 놓여 있으며, 숱한 발화체들의 홍수 속에서 시조차 일정한 패턴화 현상을 보여주고 있다고 판단하게 되는 것이다.

그런 측면에서 심옥남 시인의 시도 크게 낯설지는 않다. 그러나 깊이와 고민이 수반되지 못한 새로움에 대한 강박은 천박한 실험이나 새로움만을 위한 새로움, 깊이 없는 새로움, 그래서 전혀 새롭지 못한 유사—새로움의 익숙함으로 떨어져 거꾸로 자유롭게 날아오르는 시 정신의 족쇄가 되고 마는 수도 있다. 반면 장르적 규범을 충실히 따라가면서 그 호흡을 내면화하고 그 속에서 자신만의 색채와 리듬을 갖춘 시를 찾아가는 것 또한 새로움을 향해 가는 한 가지 방법이 될 수 있을 것이다. 진정한 개성이란 언제나 전통 속에서 솟아오르는 것이기 때문이다. 그래서 파격적인 시를 창조할 것인가, 익숙한 정형화된 장르적 규범과 관습을 일단 따라갈 것인가의 문제는 모든 시인이 선택해야 하는 창작방법의 노선이 될 것이다.

2.

　먼저 심옥남 시를 읽어가면서 빈번하게 마주치게 되는 사물들이 있다. 숱한 꽃과 나무들이 그것이다. 그것은 거의 식물지(植物誌)를 방불케 할 정도로 다양하게 등장하며 독자로 하여금 화초로 가득한 전통가옥의 뜰 안에 앉아 있는 듯한 느낌을 자아내기까지 한다. 심옥남 시집의 소재들이 꽃과 나무와 새들로 이루어져 있다는 점은 시집 아무 곳이나 펼쳐 보아도 쉽게 확인할 수 있다. 시집 전체가 꽃과 나무들로 이루어져 있다고 해도 과언이 아닐 것이며 그것만으로도 심옥남의 시는 충분히 아름답고 서정적이다.

　다음으로 주목해야 할 것은 식물적인 소재들을 통해 심상을 펼쳐가는 방법일 터인데 시집 맨 앞에 등장하는 「푸른 잎사귀」가 심옥남의 시적 방법을 압축적으로 보여주고 있다. 이 시는 시적 화자의 광기('내 열여덟 광기')를 잡아주시던 어머니를 배추포기 '살폿살폿 묶으시'던 어머니로 형상화하고 있다. 어머니에 대한 그리움도 살짝 느껴지지만 젊은 날의 광기가 '속 찬 푸른 배추'가 되는데에 이르면서 시는 종결된다. 사물로부터 시작된 기억이나 시정(詩情)이 어떤 정신적인 지평에 도달하면서 마무리된다. 즉, 화자는 배추라는 식물에 빗대어 자신(의 감정/생각)을 형상화하면서 시를 축조하고 있다. 시적 발상자체와 소재가 배추라는 식물이며 자신의 감정이나 생각을 배추에 빗대어서 노래하고 있는 것이다. 이런 방법론은 시집 전체에 걸쳐 약간의 편차를 두고 변주되더라도 식물적 소재를 통해 시상을 도출하고, 그 대상에 빗대어 어떤 에스프리(esprit)에 도달하는 방법은 매우 공통된다고 할 수 있다. 시인 자신의 시론격에 해당하는 언술 '말이 잘 여문 씨앗이라면 생각은 나비 품은 꽃'(「꽃과 씨」)이 그러하며, '단 한번이라도 열매를 맺어본 은행나무는 가지 끝을 땅으로 숙일 줄 알지'(「가을 은행나무 아래에서 반성」) 또한 그렇다. 여기서 은행나무란 화자의 생각을 반영하는 투사물이라는 점은 재론할 필요조차 없을 것이다. 「짧은 생각」의 감자·완두콩·꽃병, 「여름의 길이」의 '귀면각선인장' 또한 마찬가지다.

다시 말하자면, 심옥남은 식물적인 소재들을 이용해 무엇인가를 말하는 방법을 구사하고 있는 셈인데, 무엇을 말하는가의 문제는 뒤에서 언급하도록 하고 먼저 방법론에 대해 생각해 보기로 하자. 대상을 통해 말하는 방법, A와 B 사이의 연관성과 유추적인 관계 만들기, A와 B 사이의 상징과 은유, 연상으로 연결

하는 수법은 무엇인가? 그것은 비유가 아닌가. 나아
가 꽃과 나무를 보고 자신을 생각하며 빗대는 방법
(자연물에 자신의 감정을 이입시키는 방법)이란 매우
보편적이며 고전적인 수법이 아닌가? 특히 비유법이
야말로 시라는 장르에서는 매우 기본적인 수사(修辭)
에 해당하는 것이며 언어 자체가 지시적인 속성을 갖
기 때문에 그것은 별다른 특성을 지닌다고 보기 힘들
다. 일단 그런 측면에서 심옥남의 시는 매우 전통적
인 방법론을 구사하고 있다고 말할 수 있겠다. 그러
나 그런 판단은 표층적인 차원에서의 방법론만을 주
목할 때 그럴 뿐, 소재들 간의 관계를 주목하면 더욱
심충적이 된다.

식물적 상상력에 의존하여 시를 쓰는 심옥남의 시
세계는 그 자체로도 변별성을 가진다고 할 수 있지만
이렇게 두 항의 관계를 소재와 내용 뿐만 아니라 소재
군의 두 대칭적 상징관계, 상징항들로 구축하는 지점
에 이르면 돌연 특이점(catastrophe)을 형성한다. 꽃
과 나무를 하나의 축으로 놓을 때 그와 상대되는 축은
바로 새와 곤충이다. 이 두 개의 대칭항으로 인해 심
옥남의 시가 의미론적으로, 상징적으로 구축되는 것
이다. 꽃이나 나무에 가려 자칫 놓치기 쉬운 소재는
바로 새와 곤충이다. 꽃과 나무가 대지에 뿌리박고

하늘을 우러르는 존재라는 점을 생각을 해 볼 때, 뒤에서 곧 보게 되겠지만 시인의 식물적 상상력은 대지적 상상력과 연결되며 지모신(地母神)은 바로 여성적인 것, 살핌과 돌봄의 정서와 연결될 수 있을 것이다.

3.

사실 곤충이란 존재들은 앞서 언급한 바처럼 작고 여린 것들에 대한 관심과 그런 존재들을 발견할 수 있는 세심함이 구비되기 전에는 포착되기 힘든 소재들이다. 그렇게 낮은 곳으로, 작고 여린 것들을 보듬는 대지적 상상력은 필연적으로 하늘과 연결되는데 그 상징적 소재가 바로 새이다(「묘사」,「찔레덤불」).

조그만 둥지
하늘로 활짝 열어 놓고
보시도록
짝짓고알낳고토닥토닥사랑싸움도하는
새들은
살림살이 하나 없어 하늘이 지붕인데
하늘숭배자인 나는
스물 여덟 평이나 하늘을 가리고…〈후략〉

—「빈집 한 채」

새가 하늘을 가로지르며 자유롭게 날아다니는 존재라는 점에 대해서는 재론할 필요도 없겠지만 문제는 곤충이다. 곤충이란 작고 오물거리는 것, 미물들이다. 곤충 가운데 날개를 소유한 것들, 심옥남의 시에 등장하는 곤충들인 나비, 매미, 무당벌레, 쓰르라미, 나방 등은 그래도 비등(飛騰)할 수 있는 능력을 가졌다. 문제는 거미를 날 수 있는 곤충으로 볼 수 있는가 인데, 그럼에도 거미는 특유의 거미줄 치는 능력 때문에 공중에 거하는 곤충으로 여겨질 수 있다. 물론 거미는 절지동물로서 곤충과에 속하는 동물은 아니지만 우리의 감성적 분류체계 속에서는 항상 곤충으로 여겨진다.

그런 점에서 본다면 심옥남의 시에 등장하는 곤충들은 모두 공중을 날거나 공중에 거할 수 있는 능력을 가진 사물들이다. 심옥남의 시에서 새와 곤충은 땅에서 꼬물거리며 꽃과 나무를 오가지만 모두 하늘에 속하는 사물들인 것이다. 그렇게 볼 때 새와 곤충은 대지적 상상력과 대응하는 대기적 상상력에 근거한 소재-사물들이며 꽃과 나무와 대응하는 사물들이다. 심옥남의 시에서 꽃과 나무는 대지를, 새와 곤충은 대기를 상징하며 동시에 꽃과 나무, 새와 곤충은 모두 대지와 대기를 연결하는 사물들이다.

대지적 상상력에 기반할 때 심옥남의 시는 섬세하고 여리게 주변의 사물들을 관찰하면서 자신의 감정들을 조용히 읊조리며 나아간다. 꽃과 나무가 대지에 뿌리를 박고 있듯이 대지적 상상력에 기반한 시들은 척박한 대지의 생활, 땅에서 살아갈 수밖에 없는 존재들의 생활(「낯설음에 대하여, 「주인을 바꾸는 의자」)이나 필연적인 상처와 슬픔, 견딤(「물꽃」, 「불씨」), 부재와 그리움(「그늘의 문」)을 노래하는 방향으로 나아가는 것이다. 반면 그러면서도 필연적으로 대기적 상상력 즉 초월에의 의지로 나아갈 때는 고독(「아늑한 집」)과 고요(「곁들다」, 「고요는 많은 이름을 가졌다), 사색과 깊음, 반성(「은행나무」) 등 내면을 점검하는 쪽으로 나아간다. 그녀의 초월은 솔개나 매처럼 광활한 창공으로 날아오르는 초월이 아니라 안으로 자신을 관조하며 정리하며 자신을 다듬어 세월을 건너가는, 묵묵히 안으로 깊어지는 초월이다. 그런 점에서 표제작 「나비돗」은 의미심장하며, 시집 전체의 표제작으로 선정되는 것이 합당해 보인다.

...전략...
흔들림이 멎고 하나 둘 수직이 되던 나비
그도 나처럼 완전한 정지를 위해 세상의 두려움을 모두 접

고 꽃과 들과 하늘마저 놓았을 것이다
　　골짜기에 하나 둘……열 나비돛이 노랗게 떠오르고
　　바위가 천형의 발을 빼내는지
　　수억만 년 팔랑거린 내 파란의 날개 접히고 숲은 더 고요
해진다

　　침묵을 밀며 유유히 숲을 빠져 나가는 배 한 척

　　골짜기 나무들 모두 눈을 모아도 산새들이 모두 입을 모아도
　　온전히 볼 수 없었을
　　다 읽을 수 없었을
　　드넓고 고요한 항해

　　아름답고 적요하던 비밀한 풍경 속에 새겨진

　　꽃으로부터 자유로워진 나비와
　　숲으로부터 자유로워진 바위와
　　세상으로부터 자유로워진 내가
　　하나가 되어
　　푸른 바다를 향하여 노를 저어가고 있었다
—「나비돛」 부분

심옥남의 '나비'는 춤추듯 너울거리는 나비가 아니다. 그 나비는 '중심을 잡느라 그물맥 촘촘히 세우는 나비', '흔들림이 멎고 하나 둘 수직이 되던 나비'이다. 즉, 조용히 날개를 접고 숨을 고르는 나비이다. 날개를 접고 정지한 듯 보이는, 그러나 응축이 느껴지는 순간의 나비는 날아오르는 나비보다 훨씬 아름답다. 그 나비는 '수억만 년 팔랑거린 내 파란의 날개 접'고 '아름답고 적요하던 비밀한 풍경'속으로 '드넓고 고요한 항해'를 떠나는 것이다. 정지와 고요 속에서 떠나는 나비의 항해. 눈 감고 고요 속에서 떠나는 나비의 날개는 그래서 '돛'이기도 한 것인데, 그것은 다른 시편에서도 동일하게 나타난다.

'하늘의 날개 다소곳 접'고 '날개 스치고 간 허공 끝 모를 길을 되새겨 바닷가 모갯벌에 한 발 한 발 재어 보는 것'(「새에게서 배우다」)이나 '불의 씨 가만가만 일굴어 겨울을 건넌다 몸 속 깊이 숨은 불씨를 다스릴 줄 아는 나무'(「불씨」), '작은 새 한 마리가' '처마 끝에 앉아 홀로 단단해 지는 동안'(「묘사」), '상처 아물어 다시 싹이 돋을 때까지 나무는 제 봄을 바투 잡아야 하리'(「초록눈」), '둥근 안쪽을 자유라 노래할 때까지 외로워야 하리' (「헛심」), '대답이 다른 나와 나…… 한 끝과 한 끝이 만나 둥글어지겠지'(「유리와 상사화」), '하루 또 하루 곰삭히며 둥그레지지는 모서리'(「붉은 사과」), '먼저 비워낼 안이 단단한 결로 가득 채워져 있어야 하겠네요'(「나이를 먹는다는 것」) 등이며 그런 측면에서 심옥남 시에서 '씨앗'이 자주 등장하는 것도 결코 우연은 아니다.

이처럼 그녀가 지향하는 초월은 저 드넓은 경지 속으로 광활하게 날아오르는 것, 모든 세상의 애욕을 단숨에 넘어가는 광활한 초월이 아니다. 그것은 고요한 것이고 작은 것, 정중동 속에서 이루어지는 것이다.

이런 자세를 무엇이라고 이름 붙일 수 있을까? 그것은 견인주의(堅忍主義) 혹은 견결주의(integritism)라고 이름붙이면 어떨까? 그리하여 그의 견인주의가 도달하고자 하는 경지는 '모나지 않고 둥글어지는 것'(「유리와 상사화」, 「붉은 사과」)이며, 단단해지지만 다른 이에게 '공격과 상처를 주지 않는 단단함'(「나무의 날」)이자 떠들지 않고 고요하게 자기에게 주어진 삶의 바다를 항행하는 것(「나비돛」)이다. '나무를 듣는 일이 나를 듣는 일'이 되는 것(「나무의 숨소리는 푸르고 고요하다」)이나 '비워낼 안이 단단한 결로 가득 채워져 있어야 하는'(「나이를 먹는다는 것」) 것은 모두 시적 화자가 지향하는 삶과 세계에 대한 자세이다.

4.

꽃과 나무, 새와 곤충을 비유로 사용해 안으로 자신을 가다듬는 시적 화자의 자세가 그려진 이 시집을 무엇에 비유할 수 있을까? 그것은 바로 화조도(花鳥圖)이다. 화조도란 무엇인가? 조선조에 널리 그려진 화조도는 민화[1]의 일종으로서 사대부들이 그렸던 사군자와는 달리 주로 평민화객들이나 여성들이 그렸던 그림이다. 화조도의 소재는 꽃과 새뿐만 아니라 각종 식물과 곤충들, 동물들이 주로 그 소재들로 초충도(草蟲圖)혹은 조충도(鳥蟲圖)라고도 불리웠다. 매우 소박한 장르의 그림이기도 한 화조도는 하나의 장르화로서 평민들이나 여성들이 주변에서 흔히 볼 수 있었던 사물들을 그저 그렸다고 생각할 수도 있겠다. 물론 학술적으로 화조도의 화의(畫意)를 분석하자면 꽃과 새를 통해 자연의 섭리와 조화를 꽃과 새라는 짝을 통해 대비시키면서 정(靜)과 동(動), 음과 양의 조화를 표현하려 했다는 의미분석체계를 가동시킬 수도 있을 것이다. 그러나 그 어떤 이론적 설명보다 화

---

1) 그래서 시인이 쓰고 싶은 시는 참여시나 관념시가 아니라 대중시가 되는 것이다. '아리랑 같은 시, 네 박자 같은 시, 속이 환히 보이는 시'(「근황」)란 바로 민화적인 것과 멀어 보이지 않는다.

조도를 응시하면서 우리를 사념에 젖게 하는 것은 그 그림을 그렸을 그들의 속내이다. 왜 그토록 꽃과 새에 집중하여 그 사물들을 재현하려 했을까? 혹시 그 사물들이 은유하는 바가 중요한 것이 아니라, 그 사물들을 그렸다는 사실 자체가 더 중요한 것은 아닐까? 어쩌면 꽃과 새 그리기를 통해 그들은 그들 자신들의 삶을 견디는 한 방편으로 삼았던 것은 아니었을까?

그들은 그 사실적이고도 매우 세밀하고 정교한 그 그림 한 땀 한 땀 정성스레 재현함으로써 그들 자신만의 내면을 다스리고 자신을 궁구는 어떤 수행(修行)을 수행(遂行)했던 것은 아니었을까? 그 아무리 꽃과 나무를 화폭에 재현한다고 하더라도 실제의 꽃과 나무보다는 아름다울 수 없다는 사실을 그들이 몰랐을 리 없다. 따라서 화폭에 재현된 화조는 더 이상 자연물이 아닌, 그림을 그린 자의 해석과 자아가 투사된 꽃과 새였을 것이 틀림없다. 꽃과 새를 그리며 안으로 자신의 내면을 다스리고 완성해 나가려는 자세는 그들 화조도 그리기의 자세이자 삶을 견디는 한 방편이었을 것이다. 그것은 심옥남이 시쓰기를 통해 누리고 도달하려는 자세와 그대로 닮아 있는 것이다. 이 것이 심옥남의 시가 꽃과 새가 많이 나타난다고 해서 화조도풍의 시가 아니라, 소재적으로나 내용상, 방법론이 서로 결합된 화조도일 수 있는 이유이다.

화조도는 수 백년의 세월을 건너 우리에게 말을 걸어온다. 우린 그 빛바랜 화조도를 마주 대할 대 아름다움을 느낀다기보다는 그 세밀하고도 정교한 작업을 수행했던 그림의 창조자를 떠올리게 되고 기분이 이상해진다. 그 화조도의 주인공이 그 사물들을 재현하면서 했을 그 수많은 사념들이 무엇이었는지는 도저히 알 길이 없으나 그들의 견인주의는 세월을 건너 뛰어 우리를 찌르며 말을 걸어온다. 이 작은 시집 속에 암호로 형상화된 글자들이 우리에게 말을 걸어 오듯이. 이제 주어진 것은 그 글자들을 통해 언어로 축조된 화조도의 비밀을 해석함으로써 세상에 던져진 또 하나의 화조도와 만나는 일이 우리에게 주어진 셈이다.

이 호 : 문학평론가. 1969년 충남 예산 출생, 2002년 문화일보 신춘문예 문학평론으로 등단했다. 동국대학교 국문학과 박사과정을 수료하고 미국 East-West Center 연구원을 지냈으며, 주요논문으로는 〈소설의 변화와 이야기의 꿈〉, 〈주체의 자유 혹은 탈주의 언어〉 등이 있다. 현재 추계예술대학교와 용인대학교 강사.